Para Francesca, mi estrellita.
Y para cualquiera que alguna vez haya
extrañado a alguien.
—J. T. S.

Para mi familia y todos quien se sienten
en su casa mirando las estrellas.
—A. C.

Rocio tenía un nuevo hogar.

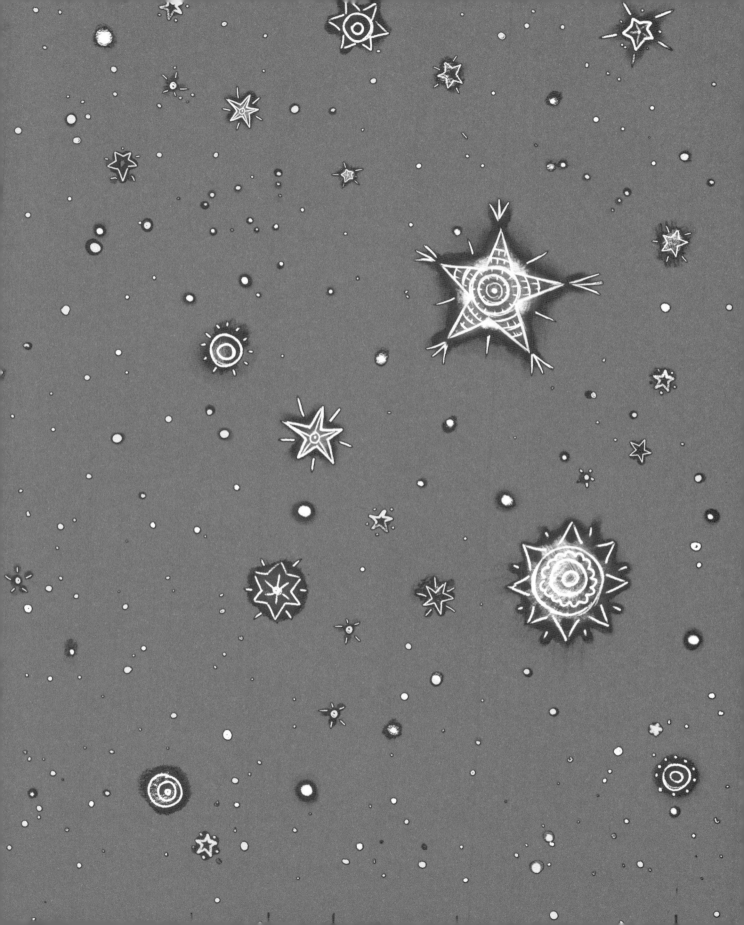

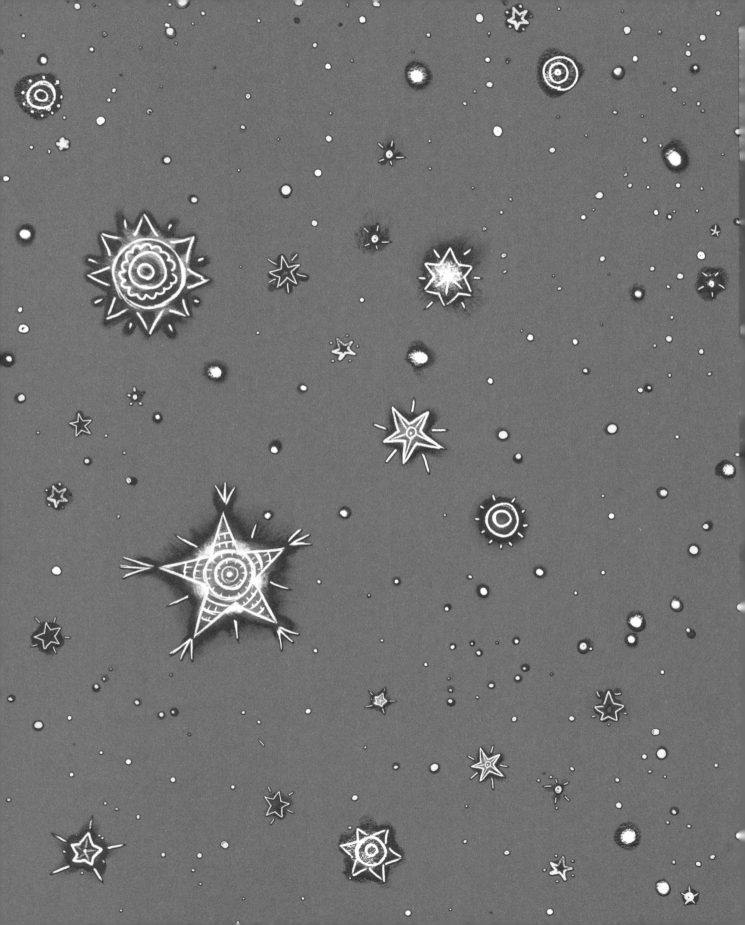

CON MUCHO AMOR

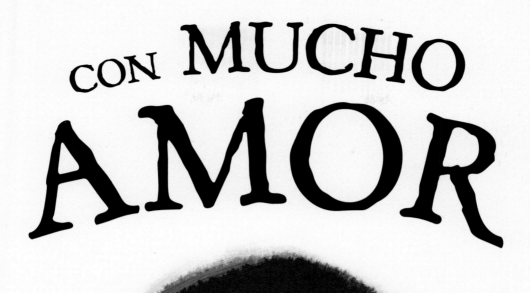

Escrito por Jenny Torres Sanchez

Ilustrado por André Ceolin

VIKING

VIKING

An imprint of Penguin Random House LLC, New York

First published in the United States of America by Viking, an imprint of Penguin Random House LLC, 2022

Text copyright © 2022 by Jenny Torres Sanchez
Illustrations copyright © 2022 by André Ceolin

Visit us online at penguinrandomhouse.com.

Library of Congress Cataloging-in-Publication Data is available.

Manufactured in Spain

ISBN 9780593205037

10 9 8 7 6 5 4 3 2 1

EST

Edited by Liza Kaplan
Design by Ellice M. Lee
Text set in P22 Mayflower

Art done in Krita and Adobe Photoshop.

Pero extrañaba mucho su otro hogar.
La casita donde vivía con Abuela,
Tía Rosa, y sus primos.

Extrañaba la tiendita donde su abuelita
vendía frutas y verduras frescas, pan
dulce, y paletas hechas de sandía, mango,
y crema de coco.

Rocio visitaba la tiendita todo los días.
Abuela siempre cantaba, "¡Hola, mi amor!"
Su voz resonaba como una flauta lejana.

A veces Rocio cerraba sus ojos e imaginaba que estaba de nuevo en la tienda de Abuela. El olor de chiles picantes y azúcar quemada bailaban en su nariz. Y la voz suave de Abuela tocaba en sus oídos.

Oía también el frufrú de las piñatas que colgaban
del techo.

Rocio extrañaba esas piñatas que Abuela hacía.
Y como, al caminar por la tiendita, se meneaban
y susurraban. También extrañaba los ricos dulces
hechos de mermelada, leche dulce, y fruta que
caían de ellas en las celebraciones.

Si solo le hubiera pedido a Abuela que le hiciera una piñata para decorar su nuevo dormitorio en los Estados Unidos.

Rocío extrañaba otras cosas, también . . .

Los buñuelos lloviznados con miel que
Abuela hacía para todos. Y el café tan dulce
que Abuela hacía sólamente para ella.

Extrañaba las tortillas que preparaba Abuela,
calientitas y con su olor dulce y fresco, como la
tierra húmeda después de una lluvia suave.

Extrañaba la linda canción de su lenguaje.

Extrañaba la hora de acostarse, cuando junto con Abuela miraban hacia el cielo negro repleto y espolvoreado con estrellas.

Más que todo, le hacía falta Abuela.

Rocio levantó la mirada hacia el cielo
nocturno desde la ventana de su nuevo
hogar. Estaba lleno de estrellas también.

Rocio buscó la estrella más
brillante y le pidió un deseo.

En la mañana, Rocio se despertó
con Mamá, Papá, su hermano, y
su hermana cantando "Las Mañanitas."

Rocio sonreía mientras cantaban sobre le belleza de la mañana en que ella nació. Luego, Mamá señaló a una caja y dijo, "Recibiste un paquete por correo esta mañana."

Rocio brincó de su cama y corrió hacia él.

Reconoció inmediatamente la
escritura torcida de Abuela:

Con mucho amor.

Adentro encontró una estrella
deslumbrante hecha de papel
brillante y rizado. Flámulas brillosas
colgaban de sus puntas. Rocio la sacó
y sus ojos se llenaron de lágrimas.

Por debajo de ella, notó otro paquete más pequeño.

Una toalla tejida con su nombre, Rocio. Rocio cerró sus ojos y acercó la toalla a su mejilla. Un olor dulce, como tierra húmeda, toco su nariz. Adentro encontró tortillas perfectamente formadas por las manos de Abuela.

Luego notó el
último regalo.

Una foto de Abuela, Tía, y sus primos sosteniendo una
pancarta en frente de la tienda de Abuela.

¡Feliz cumpleaños, Rocio!

Rocio besó la foto y
recordó la estrella de la
noche anterior, la cual le
había pedido un deseo. Abuela
la escogió del cielo y se la envió.

Esa noche, la piñata colgaba sobre la cama de
Rocio. La foto estaba colocada en la mesita de
noche. Rocio le sopló un beso tierno a Abuela.

Y miro como viajó fuera de su ventana,

Por la noche, atravesando el cielo lleno de estrellas.

Llegando a caer en casa,
sobre la mejilla de Abuela.

Con mucho amor.

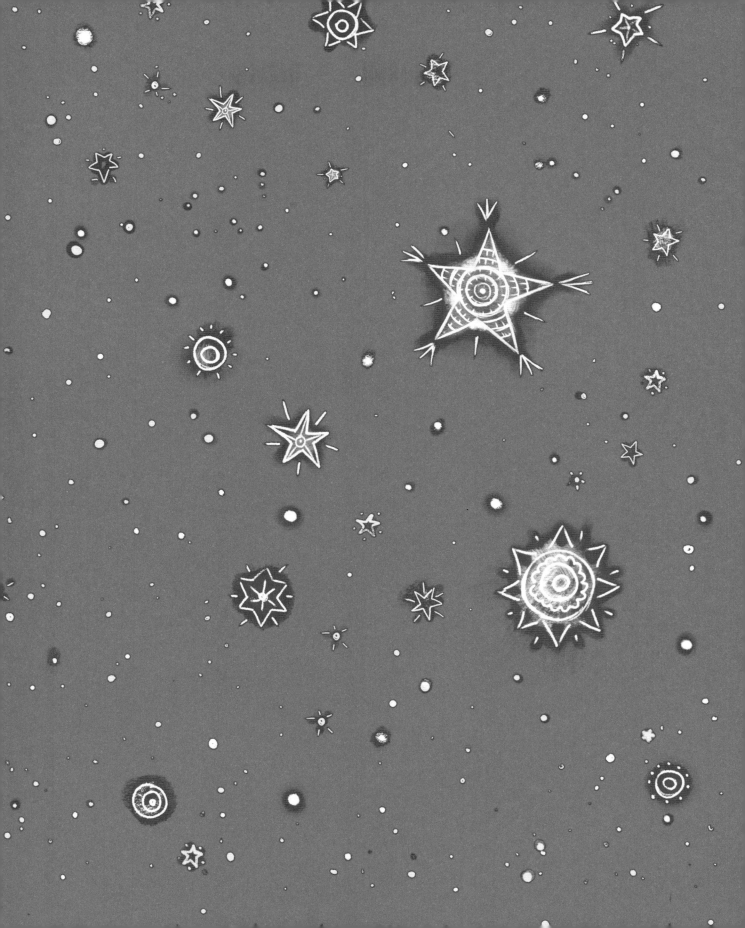

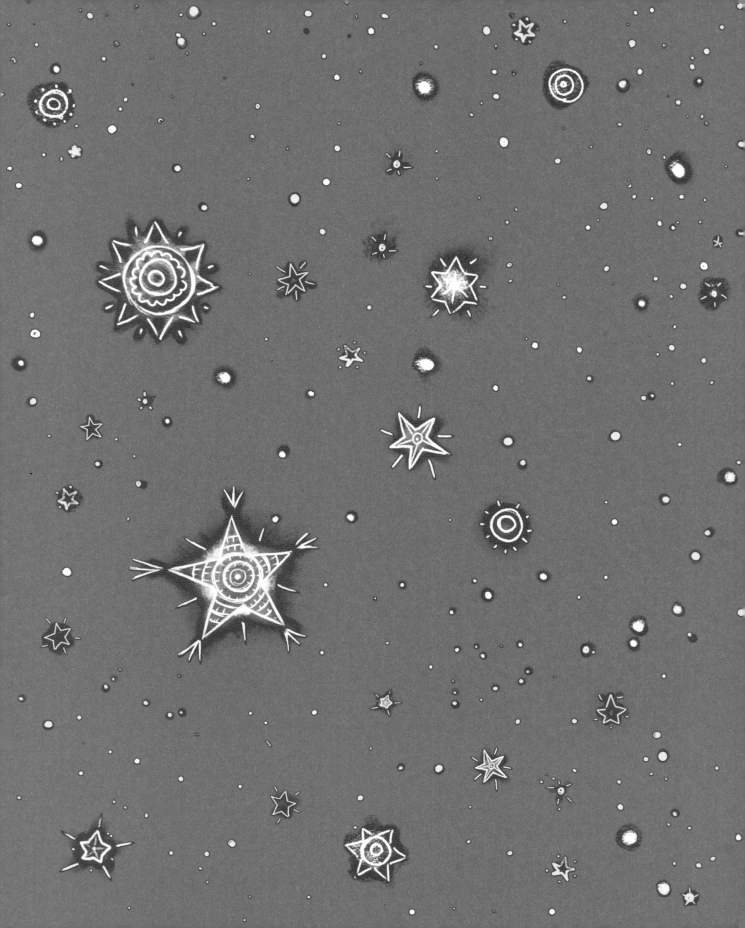